Heinrich Handelmann

Topographischer Volkshumor

Ortsnamen in Reim und Spruch aus Schleswig-Holstein, Hamburg,

Lauenburg und Lübek

Heinrich Handelmann

Topographischer Volkshumor
Ortsnamen in Reim und Spruch aus Schleswig-Holstein, Hamburg, Lauenburg und Lübek

ISBN/EAN: 9783743392915

Hergestellt in Europa, USA, Kanada, Australien, Japan

Cover: Foto ©Andreas Hilbeck / pixelio.de

Weitere Bücher finden Sie auf **www.hansebooks.com**

Topographischer Volkshumor.

Ortsnamen

in Reim und Spruch

aus

Schleswig-Holstein

Hamburg Lauenburg und Lübek.

Gesammelt

von

Heinrich Handelmann.

Kiel.
Schwers'sche Buchhandlung.
1866.

Daß Holstein nicht singt, ist ein altbekanntes Sprichwort. Dafür birgt unser Volk unter der ernsten und kalten Außenseite einen frischen Humor, der in allen Lebenslagen aushält und mit einem treffenden Schlagwort sich und Andere zu trösten, aufzumuntern und anzuregen weiß. Ganz besonders liebt man es, in gutmüthiger Neckerei sich an einander zu reiben, Nachbar an Nachbar, Dorf an Dorf, Gau an Gau. Der Scherz ist nicht gerade fein, manchmal sogar recht derb, aber ohne Bos= heit; er kitzelt ohne zu verwunden. So war es von Alters her; so ist es noch heute.

Was ich auf diesem Gebiete des topographischen Volkshumors an gedruckten und ungedruckten Stücken habe auffinden können, das ist in vorliegendem Büchlein in der alphabetischen Reihe zusammengestellt. Ne= ben dem heitern Spruch und Reim wird der Leser auch manches ernste, manches historisch bedeutsame Wort finden. Die meisten sind in dem gewöhnlichen Plattdeutsch, nur wenige hochdeutsch; denen in nordfriesischer Sprache oder im dänischen Dialekt Nordschleswigs ist eine deutsche Uebersetzung beigefügt.

Das Fehmarnsche Lied mit seiner wehmüthigen Melodie hat zuerst Schütze im holsteinischen Idiotikon IV, 385—391 abdrucken lassen, nach älteren Handschriften, die offenbar mehrfach entstellt waren. Wenn schon damals die Landeseinwohner den Sinn der einzelnen Strophen, die zum Theil auf lokale Eigenthümlichkeiten, zum Theil auch auf alte nachbarliche Neckereien und Anekdoten anspielen mögen, nicht immer mit Sicherheit zu enträthseln wußten, so wird das jetzt noch viel weniger möglich sein. Jedenfalls reicht das Lied bis in den Anfang des 17. oder gar bis in das 16. Jahrhundert zurück.

Dagegen ist das s. g. Wanderlied des Schuhmachergesellen ein Produkt der neuesten Zeit; die einzelnen Strophen sind im Laufe des vorigen Jahrzehnts entstanden und von verschiedenen Verfassern. Ich habe mich mit einer Auswahl begnügt; es gibt aber noch mehr Verse und Varianten, welche theils nur mündlich umlaufen, theils schon in Dörr's plattdeutschem Volkskalender für 1859 abgedruckt sind.

Endlich will ich diese Gelegenheit benutzen, um auf den Nachbarreim hinzuweisen, wenn auch derselbe, streng genommen, nicht hieher gehört. Der Nachbarreim scheint ganz besonders in Dithmarschen zu Hause zu sein, wenigstens sind mir nur von daher Beispiele bekannt geworden. Er geht das Dorf, die Straße entlang, von Haus zu Haus, von Thür zu Thür, und sucht jedem Nachbarn etwas anzuhängen, sei es ein Spottwort auf dessen Person, Gewerbe oder Lebenswandel, sei es nur ein Reimwort auf den Namen. So z. B. reimt man in Elpersbütteler Donn bei Meldorf:

>Peter Nagel
>Greep 'n Vagel.
>Klas Suhr
>Krigt 'n in 't Bur.
>Do't noch mal,
>Seggt Jann Stahl.
>Do't man drift,
>Seggt Klas Zacharies.

Ein anderer Nachbarreim aus dem s. g. Kleinheide im Flecken Heide lautet folgendermaßen:

>Johann Knop op den spitzen Eck.
>Peter Bremer itt dat Speck.
>Treb mit de swarten Haar.
>Steernbarg stait in Gefahr.
>>(wegen des folgenden Nachbars.)
>Quast de grote Niesenbiter.
>Jann Kühl Penningschiter.
>>(Schuhmacher, von sehr kleiner Gestalt.)

Klas Farver Grüttkop.
> (hieß Klaus Klaußen, war Grützmacher,
> sein Vater früher Färber.)

Jann Schröder Frittop.

Vorlop Schesterbüdel.
> (einer der bei den Nachbarn umherläuft, um
> Neuigkeiten zu erzählen und zu hören.)

Johann Lucht mit 'n Klingbüdel.

Klas Peters de rike Buer.

Jann Steffens stait op de Lur.

Detlef Claßen Lepelfreter.

Jann Jakob Supjäker.
> (Trunkenbold.)

Klas Horn Langbeen.

Jochen Hinnerk hett'n bangen sehn.

Das war die eine Seite von Kleinheide; auf der andern ging es nach dem Gedanken fort, daß Klaus Horn unbeliebt sei; beispielsweise nur zwei Namen:

Sla em dot,

Seggt Klas Groth.
> (Großvater des Dichters Klaus Groth.)

He hett nicks as luter lütje Hahns,

Seggt Prahms.
> (Großvater des Componisten Johannes Brahms.)

So gehe das Büchlein denn seinen Gang, und möge es bei unsern Landsleuten, denen es eine bisher kaum beachtete Seite des heimischen Volksthums bewahrt und wiederbringt, freundliche Aufnahme finden.

Allen denen aber, welche mich durch ihre Mittheilungen unterstützt und erfreut haben, insbesondere den Herren Diermissen in Uetersen, stud. Ehlers aus Wevelsfleth, Dr. K. Groth in Kiel, Chr. Johansen in Schleswig, Dr. Klander in Plön und Wolperding in Kiel meinen herzlichen Dank!

Mittsommer 1865.

I. Alphabetische Reihe.

1. De steer met i å Vei lissom Adelby Kirrek.

Dänisch: Es steht mitten im Wege wie die Kirche zu Adelby, Husbyharde, Amt Flensburg.

2. J Ahrup er et lidet Slot,
  J Röllum gör di ingen Man godt,
  J Stybäk saaer di Smörrebröd,
  J Hostrup lier di ingen Nöd.

Dänisch: In A. ist ein kleines Schloß, in R. thun sie Niemandem gut, in St. bekommen sie Butterbrod, in H. leiden sie keine Noth. — Ahrup, Gut im Kirchspiel Ensted, Lundtostharde, Amt Apenrade; Röllum, Stubek und Hostrup benachbarte Dörfer.

3. Keem en Männken von Aken
  Mit en witt Laken.
  He meente, he kunde de ganze Welt bedecken,
  He kunde doch nicht över de Elve recken.

Räthsel: Der Schnee. Die Stadt Aachen kommt auch sonst in Kinderreimen vor.

4. He is so ehrlich as de Jud' von Alt'na.

5. Zur Zeit, als Hamburg eine kaiserlich französische Stadt und der Continentalsperre unterworfen war, ward unter Mithülfe der Altonaer und der holsteinischen Nachbarn auf allen Seiten ein lebhafter Schmuggel betrieben. Dafür gaben die Hamburger jenen den Spottnamen „Schuckelmeier," der noch lange nachher im Gebrauch blieb und eine derbe Erwiderung hervorrief.

6. Du büst en Amacker.

D. h. du hast keine Kräfte. Eine Redensart der Propsteier, bei Kiel. Die Insel Amack bei Kopenhagen ward unter König Christian II. von Holländern angebaut.

7. Amrum ist ein kleines Land,
Lieget an des Meeres Kant.
Wer sein Brod hier haben will,
Muß arbeiten und nicht schlafen viel.

8. Amsterdam, de grote Stadt,
Is gebuw't op Palen.
Wenn de nu maleens umfallt,
Wer sal dat betalen?

9. In Appen
Is nicks to snappen.

Appen, Dorf bei Pinneberg, in der Herrschaft gleiches Namens.

10. **Wahr di, dat Haff kummt; de Baljer Klocken roept!**

Es galt in Brunsbüttel, Süderdithmarschen, als Vorzeichen von Sturm und Unwetter, wenn man die Glocken von Balje im Land Kehdingen, Hannover, hörte. Der Sage nach sind diese Glocken vormals bei einer Wasserfluth aus dem Brunsbütteler Kirchthurm gestohlen, und daher rufen sie noch immer:

Na Brunsbüttel! na Brunsbüttel!

11. **Wat makt de Bull in Bardewik?**

Neckische Frage an die Bäurinnen aus dem hannoverschen Dorf Bardowik. Der Sage nach hat der städtische Stier Bardowik „verrathen," indem er dem Herzog Heinrich dem Löwen eine Fuhrt durch den Stadtgraben zeigte und so die Eroberung und Zerstörung der Stadt (1189) herbeiführte. Die Frage wird daher von den Bardowikerinnen immer noch mit großer Erbitterung aufgenommen.

12. **Bi Bardorp an dat hoge Sand,**
    Da liggt dat söte Erdbeernland.

(Aus einem alten plattdeutschen Liede: „De Beerlander Swier.") Das „Erdbeerenland" heißen die Vierlaude mit dem Hauptstädtchen Bergedorf, welche im gemeinschaftlichen Besitz der Hansestädte Hamburg und Lübek sind. Darüber sagt dasselbe Lied:

13.   Lübek und Hamborg de regeert,
  To Bardorp ward de Klag' anhört.

Hier wurde nämlich von Alters her zu Ostern und Michaelis von den beiderseitigen Rathsdeputirten, den "Herren," gemeinsam Gericht gehalten.

14.   Ik sün, ik bün ut Barmstedt,
  Min Vader is Muskant;
  Denn gait dat ümmer: robulo, robulo,
    robulo, lo, lo, lo!
  Ik sün, ik bün mit Gott und de Ehr'
  Von 'n Hahnenkamp, von 'n Hahnen=
    kamp her.
    Robulo rc.

In Barmstedt, Grafschaft Ranzau, spricht man: "Ik sün, ik bün." Hahnenkamp, kleine Ortschaft unweit Elmshorn, an der Chaussee nach Itzehoe.

15.   En Bei'nfleder Fohr!

Eine Beidenflether Fuhre, sagt man in der Wilstermarsch, Amt Steinburg, von einem allzustark besetzten Wagen. Dasselbe heißt in Hamburg=Altona eine "Judenfuhre (Judenfuder)".

16a.   He löpt bi an as de Weert von Bielefeld.

Bielefeld in Westphalen. Als die Gäste weg=

fuhren, ohne zu bezahlen, lief der Wirth mit der Rechnung neben dem Wagen her. Nach einer andern Erklärung gerieth der Wirth unter eine Räuberbande und ward trotz aller Betheuerungen mit derselben gehängt. — Es heißt auch:

16b. He stürt so mit as de Weert von Bielefeld.

17. Willst du die Schweiz im Kleinen sehn,
  Mußt du nach Blankenese gehn.

Blankenese an der Elbe mit dem benachbarten Baursberg, Kösterberg und Süllberg, Herrschaft Pinneberg.

18. In Blunk
  Da waßt de Kohl op'n Strunk.

Blunk, Dorf im Kirchspiel und Amt Segeberg.

19.   In Böken
    Is nicks to söken.

Büchen, Dorf und Central-Eisenbahnstation im Amt Lauenburg. Doch ist die dortige Kirche höchst sehenswerth.

20. Nu is Bokholt in Brand!

Sprichwörtlich in ähnlichem Sinn wie: "Nun ist Holland in Noth!" aber meist bestimmter von Geldnoth, wenn einer „abgebrannt" ist.

21. Hurrah! Bokholt brennt, Kuden liggt in de Asch.

Bokholt (Buchholz) und Kuden, Dörfer im Kirchspiel Burg, Süderdithmarschen. Ein bloß scherzhafter Ausruf.

22. In Bokhost
Gift et gode Kost.

Buchhorst, Dorf bei Lauenburg im Amt gleiches Namens.

23. Da danzt Bornholm hen!

Sprichwörtliche Redensart, wenn etwas verloren, verspielt wird. Die dänische Insel Bornholm in der Ostsee war von 1525 bis 1576 an die Stadt Lübek verpfändet; als sie dann zurückgegeben werden mußte, ließ der Lübeker Rath zum Andenken einen silbernen Becher machen mit obiger Inschrift, welche bald sprichwörtlich wurde.

24. De Schöttel is so grot as de Bornhöveder Döp.

Sprichwörtliche Redensart. Das alte zinnerne Taufbecken zu Bornhöved, Amt Segeberg, ward im Juni 1813 entwendet und dafür 1814 ein neues geschenkt; s. Pasche, Chronik des Kirchspiels B. S. 56 und 60.

25. Die Einwohner des Dorfes Bornstein bei Gettorf, Dänischwold (Eckernförder Harde), standen früher in einem schlechten Ruf, und man erzählte, wenn dort Einer bei dem Anderen etwas Neues sehe,

so frage er: „Heft du dat köft? ober büft du da so bikamen?" Und ferner: „Ik mutt en Paar nie Steveln hebben, und wenn ik se of rein kopen sull!"

26. Dat schint as **Bothkamp** in Düftern.
Bothkamp, adeliges Gut im Preetzer Güterdiftrikt.

27.   Tüsken **Bredenfelden** und **Bâlo**
Slog finen Gefellen de Meifter dod.

So ruft die Glocke zu Breitenfelde, Kirchdorf bei Mölln; Bälau, benachbartes Dorf, beide im Amt Ratzeburg.

28. In **Brarup**, in **Brarup**, da gait dat luftig her,
Da fitt't de Deerns op't Wagenrad und fmeert de Schoh mit Theer.

29. De geer innestáj galler te fom i Bären og fin a Braropmärken.

Dänisch: Es geht nirgends toller zu als in der Welt und außerdem auf dem Braruper Markt. Süder-Brarup, Kirchdorf in der Schließ- und Füfingharde, Amt Gottorp, hält feit Alters her einen berühmten Markt, der aus ganz Angeln befucht wird.

30. Dat gait fo lik as de Weg na **Bremen**.
D. h. krumm und schief.

31. So old
 As de Bremer Wold.

32. Willst du Bremen sehn?

fragt man das Kind, und wenn es „Ja" antwortet, so faßt man es mit beiden Händen an Kopf und Ohren und hebt es in die Höhe. Dieselbe Neckerei heißt in Bayern „Paris zeigen," in Kärnthen „Villach zeigen."

33. Im Wiegenlied kommt bei uns „Buko" von Bremen, von Halle und Halberstadt vor, woraus in einem nordschleswigschen Lied „Kukuk von Halmstad" (in Schweden) entstellt ist.

34. Brunsbüttler Haven drift baven,
 Brunsbüttler Koog drift hoch.

35. En Brunswiker Wust!

Eine Braunschweiger Wurst! nennt man im Scherz ein langes und dickes Schiffstau.

36. Achter Büsum is de Welt mit Breder to-nagelt.

Hinter Büsum, Norderdithmarschen, ist die Welt mit Brettern zugenagelt! sagt man in Dithmarschen.

37. Wat makt de Kalver?

Neckische Frage an die Büsumer. Man erzählt, daß sie einmal ein Feld mit Kuhsamen bestellten, in der Hoffnung, es sollten da Kälber wachsen.

38. He bellt as de Hunde von Buxtehude.

D. h. er ist ein unvernünftiger Schreihals. Man sagt nämlich, daß die Hunde zu Buxtehude, in Hannover, mit dem Hintern bellen.

39. Broder, ik und du,
Wi gaet na Buxtehu;
Wöllt den Buren in 'n Keller krupen,
Wöllt em all sin Beer utsupen.

Trinklied. In Meklenburg heißt es beim Blindekuhspiel: „Blinde Koh, ik leide di." — Woneben hen? — „Na Buxtehude" u. s. w.

40. Licht op 'n Disch! is Cölmar Volk.

Colmar, Dorf und Gut in der Haselborfer Marsch, Itzehoer Güterdistrikt.

41. Cremper Mädchen, Thurm und Glocken
Können Junggesellen (Männer an sich) locken.

Es ist der schöne im Jahr 1814 abgebrannte Thurm gemeint.

42. Da flügt en Vagel stark
Twischen hier und Dännemark.
Wat hett he in sin Kropp?
Twölf Last Hopp.
Wat hett he in sin Kron?
Twölf Jungfern, de sind schön;

Dabi en Fatt mit Win.
Mutt dat nich en braven Vagel sin?!

Räthsel: Ein Schiff. — Alterthümlicher ist der folgende Reim.

43. Diar flaagh an Vöggal stark
Auar Dannemark.
Wat hed hi uun san Kraap?
Sööwan Pünj Haap.
Wat hed hi uun san lachtar Bian?
An Höömark an an Sliapstian.

Nordfriesisch: Es flog ein Vogel stark über Dänemark. Was hatte er in seinem Kropf? Sieben Pfund Hopfen. Was hatte er in seinem linken Bein? Einen Hammer und einen Schleifstein.

44. Pip, Dän, pip!
Schonen büst du quit.
Vor Wismar (Stralsund) hest du
lange legen,
Bei Gadebusch hest du Släge kregen.
Pip, Dän, pip!

Spottreim aus der Zeit des großen nordischen Kriegs, um das Jahr 1712. — Dazu entstanden im Jahr 1849, als die dänischen Schiffe Christian VIII. und Geston im Eckernförder Meerbusen verloren gingen, die folgenden zwei neuen Strophen:

45. Pip, Dän, pip!
To Water büst du rip.
Din Krischan in de Luft is flagen,
Din Giftjung hebben's ok dotslagen.
Pip, Dän, pip!

Pip, Dän, pip!
Se setten di 'n Knip
Op din gewaltig grotes Mul.
Bi Eckernförd da seet en Ul.
Pip, Dän, pip!
Din leddige Büdel knip!

46. He brüstet sik as de Dierkstörper Bull.
Dietrichsdorf im Kirchspiel Schönkirchen, Amt Kiel.

47. Die Dithmarscher verbrannten 1524 zu Meldorf den ersten Reformationsprediger, Heinrich von Zütphen; davon haben sie lange nachher den Spottnamen „Monnike-Smökers" behalten.

48. Dithmarscher, pip!
Wo kummst du in de Knip!
Kummst du in den Holstentroppen,
So wöllt wi di de Ohren kloppen

Spottreim der Wilstermarscher, insbesondere der St.

Margarethner auf die Dithmarscher. Sonst ist „Dith=
marscher Piß" sprichwörtlich für ein Weibsbild.

49. Op 'n Dunn
Da gift dat mehr Horen as Hund'.

Es sind mehrere Orte des Namens in Süderdith=
marschen, darunter am bedeutendsten das Kirchdorf St.
Michaelisdonn, Kirchspiel Marne. Die Hunde sind
da sehr zahlreich.

50. Maß Foß von Dresen (Dresden)
Kann nich beden noch lesen.

51. Nu dagt et achter Düttebüll,
Nu bell'n de Cappler Hünd';
Staet op, Strustrupper Herreslüd,
Und wehrt ju wenn ji könnt.
Böeler Fahlenbiters, kamet mi her
Mit Fahlfleesch in ju Mund.

Bruchstück eines alten Spottliedes aus Angeln.
Düttebüll, Gut im Kirchspiel Gelting, Cappeler
Harde. Struxdorf, Kirchdorf in der Struxdorfharde
und Böel, Kirchdorf in der Struxdorf= und Mohrkirch=
harde, Amt Gottorp. Die Böeler haben von Alters her
den Spottnamen „Fohlenbeißer."

52. Et dagt achter Düttebüll.
So sagt man in Angeln, wenn einem ein Licht auf=
geht, wenn er etwas zu begreifen anfängt.

53. Uun Dunsam, diar san's altamal Traalar.

Nordfriesisch: In Dunsum, Westerland-Föhr, sind sie allzumal Zauberer und Hexen. So sagt man auf Föhr und Amrum.

54. De Eiderstedter hett Klei ünner de Föte.

55.   Ellingstedt — hoge Fest,
    Dörpstedt — Kraiennest,
    Hollingstedt — allerbest.

Ellingstedt und Hollingstedt, Dörfer in der Ahrensharde, Dörpstedt in der Kropperharde, Amt Gottorp.

56.   Elmshorn
    Hett en Kark und keenen Thorn.

57.   Klas Horn
    Is geboren
    In Elmshorn
    Op 'n Klockthorn.

D. h. also: nirgends. Spottreim aus Heide.

58. A Dönnar as so dol eftar 'n Sial, üsh a Ingalsman eftar 'n Eilun.

Nordfriesisch: Der Teufel ist so toll nach einer Seele, wie der Engländer nach einer Insel. D. h. begierig nach dem Besitz derselben.

59. In Esen
Is god wesen.
(Wol eher:
Man nu nich mehr.)

Esingen, Dorf unweit Uetersen in der Herrschaft Pinneberg.

60. Da güng en Kerl von Fiel na Braken,
De harr' op jeden Nacken söven Staken.

Fiel und Braken, Dörfer im Kirchspiel Hemmingstedt, Süderdithmarschen.

61. Med Ret og Skjel,
Det veed vi vel,
Elkjär ligger til Fjersted By,
Sepkjär ligger til Spandet.

Dänisch: Mit Recht und Fug, das wissen wir wohl, gehört die Wiese Elkjär zu Fjersted, Sepkjär zu Spandet. — Der Reim knüpft sich an die alte Sage von einem Rechtsstreit zwischen diesen beiden Nachbardörfern in der Hvidbingharde, Amt Hadersleben, welcher durch Meineid für Spandet günstig ausfiel.

62. Wat makt de Aal?

fragt man die Bauern aus Fockbek, unweit Rendsburg, im Amt gleiches Namens. Eine Spottsage erzählt nämlich, daß die Fockbeker einst versucht haben, einen Aal zu ertränken.

63. He hollt still as Gott vör Gammendörp.

Gammendorf auf Fehmarn „liegt hinter'm Berge," wie das Fehmarn'sche Lied sagt, und soll deshalb nur selten Regen bekommen.

64. Er kommt ins gelobte Land.
Ironisch: er kommt schlimm an.

65. In Glinden
Is nicks to finden,
Und in Granden
Is nicks to fangen.

Glinde, Dorf im Amt Reinbek; Grande, Dorf im Amt Trittau.

66. En „Herr" ut Glückstadt, en „Börger" ut Itzehoe, en „Mann" ut Wilster und en „Kerl" ut de Cremp.

67. In Göttin ward de Pankoken all man op Een Sit backt.

Das Dorf Göttin, im adeligen Gut und Kirchspiel Gudow, liegt auf Einer Seite der Landstraße von Mölln nach Büchen.

68. He wendet davör um as Gott vor Gramdörp.

Sprichwörtliche Redensart. Der Sage nach ist Gramdorf im adeligen Gut Farve, Oldenburger Güterdistrikt, von der Pest des s. g. schwarzen Todes (um 1350) verschont geblieben.

69. Op Mord und Dodslag in Grönland!

So pflegten früher die, welche bei den s. g. Grönlandsfahrern zum Wallfisch- und Robbenfang betheiligt waren, zu toasten.

70. Ansehn thut gedenken! schrift de Bäcker in Hadersleben.

Der gedachte Bäcker hatte allerlei Backwerk mit obigem Spruch auf sein Schild malen lassen.

71. **Hal Appeln Möre Beeren Ut Reimers Gang.**
(und in umgekehrter Ordnung:)

72. **Greten Rop Unsen Buren Mit Appeln Her.**

73. Wat seggst du dato? seggt se in Hamborg.

74. Det er int godt for å Sviin a veed hva å Flesk koster i Hamborre.

Dänisch: Es ist nicht gut für ein Schwein, zu wissen, was der Speck in Hamburg kostet.

75. Nikolai de Niken,
    Katharinen desgliken,
    Petri de Sturen,
    Jakobi de Buren,

Michaelis de Glanz (de Pracht),
Hamborger Barg de Swanz. (gode Nacht!)
Alter Reim auf die Hamburger Kirchspiele.

76. West! is de Hamborger ehr Best.
Ost! is de Lübeker ehr Trost.

77. Hamborg, du bist ehrenvast;
De van Lübeke voren (föhren) den Badequast.
Spottreim auf die unrühmliche Haltung der Lübeker Flotte im Sunde, Juli 1427. Seitdem behielt Lübek lange den Spottnamen „de Badequast" (d. h. der beim Baden gebrauchte Laubbüschel, Besen).

78 a. Hier und dar und allerwegen;
Kannst du mi dar wol 'n Pund ut wägen,
So will ik di Lübek und Hamborg geven.
Räthsel: die Luft, der Rauch. Ganz ebenso dänisch:

78 b. Här o där o ollstäj;
Kan do må et Pund vej,
Saa vil å gi dä baad Hamborr o Lybäk i Ej.

79. Dar sind de Hamborger Fruwen mede geprivilegeret, dat se den Lübschen Fruwen alle Jahr wat Nies in Kledinge und Geschmucke möten vorstellen. Averst de Lüneborger Fruwen begunnen

den Hamborger Fruwen in ehre Gerechtigkeit to fallen, ahne Vörlöf, dar noch wol twuschen beiden Parten konde ein Hader ut werden, by dem dat dat Hamborger Beer wolde in sine olde Ehre buten Landes wedder kamen.

So schrieb der Lübsche Chronist Reimer Kock († 1569) zum Jahr 1500.

80.   Hamborger Mütten,
   Dre for 'n Dütten.
   Lüneborger Maler,
   Dre for 'n Daler.

81. **Hamburger und Meklenburger** heißt ein Kegelspiel, bei welchem die Gesellschaft sich in zwei Parteien absondert, welche dann gegeneinander spielen.

82. **Hanseat — Hans Aars!**
war die Holsteinische Antwort auf den Hamburger Spottruf „Schuckelmeier."

83.   Söven und söventig Hänse
   Hefft söven und söventig Gänse.
   Wo mi de Gänse nich biten,
   Na den Hänsen frage ik nich en Schiten.

Mit diesem Spottreim beantwortete König Waldemar IV. von Dänemark im Jahr 1361 die Fehdebriefe der Hansestädte.

84. Wenn de Elve fraren is,
So hölt Harborg Karkemiß.

D. h. dann strömt es von Hamburg nach Harburg hinüber, als wäre dort Kirmes. (Aus einem plattdeutschen Hamburger Lied von 1650.)

85. Die Bewohner der Haseldorfer Marsch an der Elbe, Itzehoer Güterdistrikt, werden „Kreevtmaten" (Krebsgenossen?) genannt. Sprichwort: „Kreevtmat und de Düvel, harr jene Mann seggt, mi löpt de Lus all över de Lever."

86. Hatten de Hattsteder nich argen (ehren) Dik,
Käm' ehrer kener in't Himmelrik.

Hattstedt, Kirchdorf in der Norderharde, Amt Husum.

87. Heide, hedde se Water und Weide,
Se were beter as Lunden und Meldorp allebeide.

88. Juchhei, Heidgraben!
Loh is ok en Stadt.
Uetersen is mit Plünn' verstoppt.

Heidgraben und Lohe, Dörfer unweit Uetersen in der Herrschaft Pinneberg. — Uetersen ließ „Uterst En'," das äußerste Ende.

89. Von Heidmöhlen na Bokwold
Sünd dat nich fiv Mil?
En Sög mit fiv Farken
Sünd dat nich söß Swin?

Heidmühlen, Dorf im Kirchspiel Großenaspe, an der Gränze der Aemter Neumünster und Segeberg. Groß-Buchwald, Dorf im Kirchspiel Brügge, Amt Bordesholm; unweit davon Klein-Buchwald im adeligen Gut Bothkamp, Preetzer Güterdistrikt.

90. Heist, Schenefeld und Halstenbek
Sünd den Düvel sin Affchedsted'.

Dörfer in der Herrschaft Pinneberg; Heist wegen der angeblich dort sehr zahlreichen Hexen, Schenefeld einer Mordthat und Halstenbek des Richtplatzes wegen.

91. Die Bewohner des Dorfes Heist, unweit Uetersen, wollen nicht Heister (d. h. Elstern) genannt sein und nennen sich selbst Heistmer; daher der Spottreim:

In Heistmen
Sünd de Hexen am meisten.

92. Grön is dat Land,
Roth is de Kant,
Witt is de Sand;
Dat sünd de Teken von Helgoland.

93. Wo geht der Teufel auf Stelzen?

Auf Helgoland. Dort war nämlich in der Kirche die Versuchung Christi abgemalt und der böse Feind dabei in jener absonderlichen Positur dargestellt.

94. Wo wit is 't von 'n Himmel na de Höll?

Räthsel: Es sind Nachbarhäuser; an der Chaussee von Elmshorn nach Itzehoe, im Patrimonialgut Horst, liegen nämlich zwei Wirthshäuser einander gegenüber, welche Helle (Hölle) und Himmel heißen.

95. Heimer Rövsaat!

Holmer Rübsamen! (von den Kolonistendörfern Christians- und Friedrichsholm, Kirchspiel Hohn, an der Gränze der Kropp- und Hohnerharde, Aemter Gottorp und Hütten) wurde von Frauen in Heide ausgerufen. Dann reimten die Kinder:

Schelm- und Devsaat!

96. I Holtj,
Der er di stoltj;
Men skal di betalj' der 'r Gjalj,
So hår di kun Pjalj.

Dänisch: In H. sind sie stolz; aber wenn sie ihre Schulden bezahlen sollen, so haben sie nur Lumpen. — Holt, Dorf im Kirchspiel Medelby, Karrharde, Amt Tondern.

97. Ga hen na Hostrup und lat di de Dös utsniden.

So sagt man in Angeln. Hostrup, Dorf an der Flensburg-Eckernförder Landstraße, an der Gränze der Uggel- und Struxdorfharde, resp. der Aemter Flensburg und Gottorp. Von den Einwohnern werden allerlei Schildbürgerstreiche erzählt.

98. Hui dat boge Fest,
    Süderböft dat Kraiennest,
    Fresendelf de Poggenpohl,
    Hollbüllhuus de Schitstohl.

Hude (Hui) und die andern drei, Dörfer im Osterkirchspiel Schwabstedt, Amt Husum.

99. De Husumers seggen: „Wärst wat eher kamen, so harrst wat miteten kunnt."

So sagen die Nordstrander.

100. Die tollen Jageler

heißen die Einwohner des Dorfs Jagel in der Kroppharde, Amt Gottorp, von denen allerlei Schildbürgerstreiche erzählt werden.

101. Nu fahren wi na Jevenstedt, na Jevenstedt to Köst,
    Da gift et nicks as Höhnersupp, als Höhnersupp und Wöst.

102. Ik weer of mal na Jevenstedt to Köst,
Da lohn dat nicks as Höhnerfleesch und Wöst.
Keen Düvel wull na Jevenstedt gaen
Und sik da mit de Jungens afslaen,
Na Jevenstedt to Köst.

Tanzweise. Jevenstedt, Kirchdorf unweit Rendsburg im Amt gleiches Namens.

103. "Jever is en Slukhals!" sä de Jung, da harr he dre Grote vertehrt.

Jever im Großherzogthum Oldenburg.

104. Hos Immervad, hos Immervad
Der fik Danmark it Fandens Bad.

Dänisch: Bei J. erhielt Dänemark ein Teufels-Bad. — Immerwatt, Krug an dem Ochsenwege und dem Rudebek, Gramharde, an der Gränze der Aemter Hadersleben und Apenrade. Hier wurden die Dänen 1420 von Herzog Heinrich IV. geschlagen.

105. Itzehoe dat hoge Fest,
Crempe dat Nottennest,
Wilster de Waterpohl,
Glückstadt de Horenschol.

106. Kolenkarken, dar bün ik kamen,
Dar wullen de Lüd verklamen.

As ik na Lauenborg ging,
Kemen allerlei Beester 'rutspring'n.
As ik Hitzo besöch,
Dar jagen se de Fleegen weg.
In't Ruge Huus bün ik ok wesen,
Dar weih' een de Wind um de Nesen.
Da reis' ik na Kolenkarken torück,
Dar böl'n wedder tosamen de Aven und de Rück.

Räthsel: Die vier Jahreszeiten, dargestellt durch anklingende Ortsnamen. Kaltenkirchen, Kirchdorf im Amt Segeberg, repräsentirt den Winter; die Städte Lauenburg und Itzehoe den Frühling und Sommer; das Rauhe Haus im Dorf Horn bei Hamburg den Herbst.

107. Von den Karlumern, Dorf in der Karrharde, Amt Tondern, sagt man neckisch, daß sie des Morgens, wenn sie zu den Pferden hinausgehn, ein Stück Buchwaizengrütze abschneiden und um den Arm wickeln.

108. In Kiel ist's am schönsten im ganzen Holstein.

Diesen hochdeutschen Ausspruch hört man oft unter dem plattdeutsch redenden Landvolk. Vielleicht stammt derselbe aus einem Liede; man spricht ihn nämlich wie einen Vers, so daß die letzte Sylbe „stein" betont wird.

109. Der er Omslaw närer ve som i Kiel.

Dänisch: Umschlag ist näher bei als in Kiel. — Der Kieler Umschlag im Januar ist der allgemeine Geldmarkt und Zahlungstermin in den Herzogthümern.

110. Kiel is dat hoge Fest,
Rendsborg dat Kraiennest,
Schleswig de Waterpohl,
Eckernförd' de Kackstohl.

111. Paul Ranzau von Knoop
Hett Bottermelk to Kop,
Sur Beer und Schimmelbrod;
De Düvel sla Paul Ranzau dod.

Knoop, adeliges Gut am Kanal, Dänischwohld (Eckernförder Harde).

112. Dat is von Kostnitz!

D. h. das kostet nichts. Wortspiel mit Kostnitz (Constanz) am Bodensee.

113. Der er Hög över Hög og Heer över Krawlund För.

Dänisch: Es ist ein Habicht über den andern (d. h. jeder hat einen, der ihm überlegen ist) und ein Hirt über die Schafe von Kraulund; Dorf, früher eine Schäferei, Slugharde, Amt Tondern.

114. Noch is he nich den Kropper Busch vörbi!

Sprichwörtlich: die Gefahr ist noch nicht überstanden. — Kropp, Dorf in der Kropperharde, Amt Gottorp.

115. En Kudenseer!

nennt man in der Nachbarschaft dieses Sees eine übervolle Tasse Kaffee ꝛc. Der Kudensee, an der Gränze von Süderdithmarschen und Wilstermarsch, trat nämlich früher häufig aus seinen Ufern und richtete zuweilen bedeutende Verwüstungen an, bis man durch Anlage des Bütteler Kanals das überflüssige Wasser abführte.

116. In Linden
Is nicks to finden.

Linden, Dorf im Kirchspiel Hennstedt, Norderdithmarschen.

117. Na List, na List mit alle Mann
Mit Banken (?), Stahl und Forken!
De hier nicht fechten will und kann,
Dat sind wohl rechte Schorken.

Am 25. Mai 1644 wurden die Schweden und Holländer, welche auf der Halbinsel List gelandet waren, durch das Aufgebot der Sylter genöthigt, sich wieder einzuschiffen. Vgl. Hansen, der Sylter Friese S. 28.

118. Livland'sche Ap!

hieß der Hamburger Pöbel früher spottweise die Licentiaten.

119. In Loh und in Lunden
   Ward nicks as Schelm' und Dev' funden.

Lohe, Dorf im Kirchspiel Hemmingstedt, Süderdithmarschen; Lunden, Flecken in Norderdithmarschen.

120. Lübek is wol in eenen Dag stiftet, aver nich in eenen Dag buwet.

121. Lübeke aller Steden schone,
   Van riker Ehre dregest du de Krone.

Spruch der Zirkellage; 1453.

122. Lübek, klein und rein, verzage nit.
   Ist Holland groß,
   Es sind Buben bloß. (al. Es steht bloß.)
   Sie thun's dir nit.
   Wenn zwei Könige du gemacht und den dritten aus dem Lande getrieben,
   Seid ihr noch gewaltige Herren zu Lübek geblieben.

Der Reim knüpft an die Vorgänge des Jahrs 1523, wo König Christian II. vertrieben und Friedrich I. in Dänemark, Gustav I. in Schweden mit Lübekischer Hülfe eingesetzt wurden. Die drei letzten Zeilen sind auch in plattdeutscher Version überliefert:

Se doet di nit.
Wente twe Koning hefftu gemakt und den drudden ut 'm Lande dreven,
Und sind doch Gewoldige to Lübek bleven.

123. Dat Gelucke hefft de Stadt Lübek, dat alle umliggende Stede und Herren ehrer gebruken in Nöden und darna mit allem Vormögen na ehrem Vordarve staen.

Aus Reimer Keck's Lübischer Chronik.

124. Was willtu begehren mehr,
Als die alte Lübische Ehr?

125. Lübsch Recht, glüpsch Recht!

Auch das Ripener (Riber) Recht war wegen seiner Strenge verrufen.

126. Lübek ein Kaufhaus,
Köln ein Weinhaus,
Braunschweig ein Zeughaus,
Danzig ein Kornhaus,
Hamburg ein Brauhaus,
Magdeburg ein Backhaus,
Rostock ein Malzhaus,

Lüneburg ein Salzhaus,
Stettin ein Fischhaus,
Halberstadt ein Frauenhaus,
Riga ein Hanf- und Butterhaus,
Reval ein Wachs- und Flachshaus,
Krakau ein Kupferhaus,
Wisby ein Pech- und Theerhaus.

127. De Lüneborger sünd de Oeverkröpschen.
D. h. sie sprechen das R. sehr im Halse.

128. Han geer, wän han hår a Liv fuld, lissom di Markeropper.
Dänisch: Er geht, wenn er den Leib voll hat, ebenso wie die Markerupper; Dorf in der Husbyharde, Amt Flensburg.

129. Stuf vor Meldorp flogen wi,
Slogen wi de Deusen.
Alte Tanzweise. Das Lied, von dem uns nur obige Anfangsworte erhalten sind, bezog sich ohne Zweifel auf die Schlacht bei Hemmingstedt am Dusenddüvelswarf, 17. Februar 1500.

130. Wat makt de old Herr?
Neckische Frage an die Einwohner von Mölln; der dort begrabene Eulenspiegel ist gemeint.

131. Hört mal, min goden Lüd!
Wer wahnt denn in dit Gebüd?
Is dat en Ul, Krai oder Heister? —
Scheet ok! hier wahnt de Mölln'sche Borger=
meister.

132. Dat is en Mözer Glov!
D. h. das ist Aberglauben. Als im Dorf Mözen, Kirchspiel und Amt Segeberg, einst die Viehseuche gras= sirte, schleppten die Einwohner eine gefallene Kuh über die Gränze auf die Feldmark des Nachbardorfes Krems, in der Hoffnung, dadurch die Krankheit zu bannen.

133. De Torfbuer ut Markfär (?)
Röpt: Törf, Törf von 'n Wagen!
Hüt is he recht hart,
Ward keener bedragen.
Ob der entstellte Name Mohrkirchen (Morkjär), Mohrkirchharde, Amt Gottorp, bedeuten soll?

134. In Niemünster
Liggt de Stuten vör 't Finster.

135. De Tempel to Nordoe
Is Cremp näher as Itzehoe.
Ein Räthsel. Nordoe, Meierhof und Windmühle in der Herrschaft Breitenburg, Itzehoer Güterdistrikt; daselbst hat 1578 der Statthalter Heinrich Ranzau an

der Landstraße eine Pyramide mit Inschrift, zu Ehren der drei Könige Friedrich I., Christian III. und Friedrich II., unter denen er gedient, und zu Ehren seiner eigenen Familie errichtet. Diese Pyramide, welche im Volksmunde „der Tempel zu Nordoe" heißt, ist eine halbe Stunde von Itzehoe, von Crempe aber anderthalb Stunden entfernt.

136. Die Nordfriesen nennen die Jütländische Gränze a Northar=Woch, d. h. die Norderwand.

137. Du sallst grönen und blöhen as en Stockfisch in Norwegen.

138.   Wenj Nüffel werd hoorlös,
   O Aarsle werd foerlös,
   O Cassöe werd tadderlös,
   O Jortkär werd sladderlös,
   Saa skal å Werd forgaae.

Dänisch: Wenn Nübel ohne Huren, Aarslev ohne Futter (Heu), Cassöe ohne Buchwaizen und Jordkirch ohne Geschwätz (Verläumdung) sein wird, dann wird die Welt untergehen. — Jordkirch Kirchdorf, Aarslev, Nübel und Cassöe dahin eingepfarrte Dörfer in der Riesharde, Amt Apenrade.

139. Wahr di vor Oelsdorp! da haut se Minschen dot.

Delixdorf (Oelsdorf) in der Herrschaft Breitenburg, Itzehoer Güterdistrikt.

140. Wenn einer gähnt: O h a! so antwortet man ihm: „Wenn du dahin wullst, so is 't Tid." —

Der Name Oha kommt mehrfach vor für Wirthshäuser, Einzelhöfe u. dgl.

141. Oha! — „Is nich wit von Ellerhoop."

Ellerhoop und Thiensen, eine Bauervogtei am Wege von Barmstedt nach Pinneberg, Grafschaft Ranzau; Oha ein benachbartes Wirthshaus.

142a. Et gait na de Reech, as in Oldesloe dat Backen; wer keen Mehl hett, slait över.

142b. Dat gait um, as in Oldesloe dat Backen.

143. In de Ole Lise
  Da gait dat op de ole Wise;
  De Weert, de supt dat Beste
  Und seggt: Prost, mine leven Gäste!

So lautet die Inschrift auf dem Schild des Wirthshauses „zur alten Lise" im adeligen Gut Panker, Oldenburger Güterdistrikt.

144. Ik güng mal na'n Olengamm to Köst;
  Ik meen, ik wull recht lustig sien
  Und söp mi vull von Brandewin
  Vor Fröst, vor Fröst.

Trinklied. Altengamm, Dorf in den Vierlanden

145. **Achter eenander her as de Olenlander Göse!**
D. h. wie die Gänse aus dem Hannoverschen Alten Lande. Der s. g. Gänsemarsch.

146. **Wer gern stehlen mag und will nich hangen,**
De ga na Pinneborg und lat sik fangen.
Spottreim auf die ehemalige schlechte Justiz daselbst.

147. **Min Söhn**
Von Plön
Hett Spitzen to Kop;
De Eel dree Sößling.
Is dat nich god Kop?

148. **Sieh so, nu is Poppenbüttel Dänisch!**
Sprichwörtliche Redensart bei einem kleinen, halb komischen Unfall. Poppenbüttel, ein früher dem Hamburger Domkapitel gehöriges Dorf, kam erst 1803 durch Tausch zu der Herrschaft Pinneberg.

149. Von den Hunden zu Poppenbüttel wird dasselbe gesagt, wie von den Hunden zu Buxtebude.

150. **Poßfeller Lüse (Läuse)**
nennt man im Scherz die sonst „Stupeerssen" ge=
nannten kleinen platten Thierchen, die, zwischen dem Korn befindlich, sich an den Säcken festsetzen. Groß= und Klein=Poßfeld, Dörfer in der Wilstermarsch.

151. Qualens Brudlacht!

D. h. „die Hochzeit zu Quaal" (vormals Quale). Alte sprichwörtliche Redensart für ein plötzliches schweres Unglück. Im Jahr 1445 brach nämlich im Dorfe Quaal (unweit Segeberg, adeliges Gut Nehlstorf, Preetzer Güterdistrikt) Feuer aus in einem Hause, wo gerade eine Bauernhochzeit gefeiert wurde; das Dach stürzte zusammen und erschlug die Mehrzahl der anwesenden Gäste.

152. Wetet ji ok wol, wo Quickborn liggt?

Quickborn liggt in 'n Grund,
Wo de lütjen Deerns sünd
Mit den roden Mund.

Tanzweise. Quickborn, Kirchdorf in der Herrschaft Pinneberg.

153. In Rendswühren

Da könnt se ehr nich backen, se möt erst süren.
In Oldesloe
Is 't ebenso.

Rendswühren, Dorf im Kirchspiel Bornhöved, adeliges Gut Bothkamp, Preetzer Güterdistrikt.

154. In der Gegend von Glückstadt am Flusse Rhin nennt man das Wasser im Scherz „Rhinwin" (Rheinwein).

155. Rinkenäs o Brund,
 Di ligger o forgyldene Grund.
 Hörup o Briig,
 Di här enne Liig.
 Karlum o Nold, (al. Holt o Nold),
 Di gaer over aalt.

Dänisch: Rinkenis, Lundtoftharde, und Brunde, Riesharde, Amt Apenrade, die liegen auf vergoldetem Grunde. Hörup und Riesbriek, Wiesharde, Amt Flensburg, die haben nicht ihres Gleichen. Karlum (und Holt), Karrharde, und Nolde, Slugharde, Amt Tondern, die gehen über Alles.

156. Jü heeth naa Ripen wessen!

Nordfriesisch: Sie ist nach Ripen gewesen! sagt man auf Sylt von einem in Unehren geschwängerten Mädchen.

157. Jü mut jens naa Riper Marketh!

Nordfriesisch: Sie muß einmal nach dem Ripener Markt! Mit diesem Spottwort verhöhnt man auf Sylt eine alte Jungfer, auch wohl eine kinderlose Ehefrau.

158. Aribari, Lungasnari,
 Wan skel wi tu Ripen fari?
 Wan a Raagh rippat,
 Wan a Berri piipat,

Wan a Heewar skearen wart,
Wan at Biaren bearen wart,
Wan a Stian draft,
Wan a Feedar sankt,
Wan an ruaden Apal tu Strun driwan komt;
Do skal Aribari Lungasnari salv ütj an sweam.

Nordfriesisch: Storch Adebar, wann sollen wir nach Ripen fahren? Wenn der Roggen reift, die Gerste sich steift, wenn der Hafer geschnitten wird, wenn das Kind geboren wird, wenn der Stein treibt, wenn die Feder sinkt, wenn ein rother Apfel an den Strand getrieben kommt; dann soll Adebar (Langbein) selbst hinaus und schwimmen. Also, niemals nach Ripen!

159. Mikkel Röw
Han sk...i et Bröw.
Han kör a Rif
O köjt sä en Pif.
Han kör a Tynder
O slow en isynder.
Han kör a Läk
O lat sä en Fläk.
Han kör a Affenraa
O lat en beslaa.

Han för a Olmarstowt
O kroj op o å Lowt.
Han för a Bow
O haus Ås den stow
I lys Low!

Dänisch: Reinecke Fuchs sch... in einen Brief. Er fuhr nach Ripen und kaufte sich eine Pfeife; er fuhr nach Tondern und schlug sie entzwei. Er fuhr nach Leck und ....; er fuhr nach Apenrade und ließ ihn beschlagen. Er fuhr nach Waldemarstoft und kroch auf den Boden. Er fuhr nach Bau, und sein A.. stand in lichter Lohe (brannte lichterloh). — Leck, Kirchdorf in der Karrharde, Amt Tondern. Bau, Kirchdorf in der Wiesharde, Amt Flensburg; Waldemarstoft, zwei benachbarte Freihufen.

160. Di Preastar üüb Rem wiar so hennagh; hi küd swarwi an snetjri; hi küd Klaakan an Gichlar magi; man at Pretjin wiar't Ringst, wat'r küd

Nordfriesisch: Der Prediger auf der Insel Röm (Römöe) war so geschickt; er konnte drechseln und tischlern; er konnte Uhren und Geigen machen; aber das Predigen war das Schlechteste, was er konnte. — Von den Römöern weiß man überhaupt in Nordfriesland allerlei Schnurren zu erzählen.

161. De kommer igjen o ä Trebbe=Daw, som ä Römmös=St.

Dänisch: Es kommt den dritten Tag wieder, wie ein Römöer (?) Bier= (ein Gelage, wo man den zweiten Tag pausirt?)

162. St. Margarethen (Kirchdorf in der Wilstermarsch) wird scherzhaft „Hans und Greten" ausgesprochen.

163 a. Et klart op achter St. Peter.

163 b. Et hellt all op achter St. Peter, mit en Donnergät.

Das Kirchspiel St. Peter liegt im südwestlichen Winkel von Eiderstedt, und im Südwesten steigen gewöhnlich die Gewitter auf.

164. Min Mag ligger i ä Minn!

Dänisch: Meine Gefährtin liegt in der Schleimünde! ruft die eine Glocke zu Gelting, Cappelerharde. Eine zweite für diese Kirche bestimmte Glocke ist nämlich dort beim Ausschiffen im Sande versunken.

165. In Slesswig, da hebben se duppelte Tellern, aber nicks för 't Mest.

So sagen die Husumer.

166. He freut sik op Schottsch.

D. h. er freut sich gar sehr.

167. Pitje van Scotland.

D. h. Peterchen von Schottland, nennen die Nordfriesen den Teufel, weil von da die schlimmen Nordweststürme herkommen.

168. „Ruhe, du bist gut!" sä de Düvel, da barr he Segeharg dragen.

169. Daß dich der thu plagen,
Der Segeberg hat getragen!

170. „Hoiteridoi!" de er Goimaaren i Smeiager.
„Farvel o Tak!" de er Klowtowt Betaling.
„Täj ve!" de er Hinnerup Kraa.
„Saa da o no da!" de er Jawerup Bönner.

Dänisch: „Hoiteridoi!" das ist Guten Morgen in Smedager. „Lebwohl und Dank!" das ist Bezahlung in Klovtoft. „Greif zu!" das ist Nöthigen in Hinderup. „So doch und nun doch!" das ist Bitten in Janderup. — Smedager und Jauderup, Dörfer in der Sluxharde, Amt Tondern; Klovtoft und Hinderup, in der Süderrangstrupharde, Amt Apenrade.

171. En braw Manj sei 'r intj Snorom;
Han sei 'r: Snor inj,
O tei'r en Theewanjskneit.

Dänisch: Ein braver Mann sagt nicht: Schnurr um (vorbei); er sagt: Schnurr hinein! und nimmt einen

Theepunsch. — Suurom, Wirthshaus unweit Hoyer an der Landstraße nach Tondern, im Mögeltondern Birk.

172. Det hänger som en Sörupsogns Pjseldör.

Dänisch: Es hängt wie eine Pesel (Saal)-Thür im Kirchspiel Sörup, Nieharde, Amt Flensburg. D. h. es hängt schief.

173. Die Söruper heißen in Angeln „de Honigliders," wegen einer Geschichte, die sich nicht wohl erzählen läßt.

174. „En Pip Tabak is god vör 'n Hunger," sä de Sonderborger.

175. „De gaer an!" soi Spandet Präst, da baar di ham te Kros.

Dänisch: Das geht an! sagte der Prediger von Spandet, Hviddingharde, Amt Hadersleben, da trugen sie ihn zum Krug (Wirthshaus). — Der Spruch bezieht sich auf eine alte Ueberlieferung, wonach ein trunkfälliger Prediger geloben mußte, nicht mehr ins Wirthshaus zu gehen; er ließ sich dann aber gern gefallen, daß die Bauern, welche ihren alten Zechbruder nicht entbehren wollten, ihn dahin trugen.

176. Wenn upstaen werd Süntkalf,
 So werd Strand sinken half.

Alte Prophezeihung. Strand, die Insel Nordſtrand; Süntkalf, ein untergegangener Ort bei der Süderoogh.

177. **Weißt et noch im Texel? und regent e, noch in Bargen?**

Scherzhafte Frage an die Schiffer, welche aus Holland oder Norwegen (Bergen) kommen.

178. **Den Buck heft ſe in de Tunn' kregen!**

So ſagte man, als der ſchwediſche General Steenbock bei Tönningen 1713 gefangen wurde, und auf gleichzeitigen Medaillen wiederholen ſich dieſelben Bilder.

179. **He ſprikt ukerwendſch.**

D. h. er ſpricht kauderwelſch, unverſtändlich.

180. **Twee Veerlander-Been!**

Zwei Vierländer-Beine! So nennt man in Hamburg die Zahl Elf (11).

181a. „Ae herr ingen Tid, å ſkal a Wakkerballe," ſoi å Trold.

181b. „Ik heff keen Tid," ſä de Düvel, „ik ſchall na Wakkerballe to Hochtid."

Wackerballig, früher ein Dorf, jetzt einige Häuſer im Gut Gelting, Cappelerharde. Vormals wurden hier auf dem ſ. g. Hochzeitsplatze alle Hochzeiten im ganzen Gut Gelting abgehalten, und dabei ging es faſt niemals ohne Mord und Todſchlag ab. — Sprichwörtliche Redensart in demselben Sinn wie: „Die Trauben sind sauer, sagte der Fuchs."

182a. Dat gelt to Wandsbek!

Sprichwörtliche Redensart aus der Zeit, wo das adelige Gut und der Flecken Wandsbek unweit Hamburg Bankerottirern ꝛc. als Freistätte diente; dies Privilegium wurde erst im Jahr 1754 aufgehoben. Also: das kommt ganz und gar nicht in Betracht, ist völlig bedeutungslos, nichtswürdig. Man sagt auch:

182b. Den (dat) reken ik to Wandsbek.

182c. Dat ward to Wandsbek tellt, in't Zippelhuus.

Das s. g. Zippelhaus in Hamburg ist das Lagerhaus der Bardewikerinnen, wo sie ihre Gemüse feilbieten.

183. En Wandsbeker.

Beim Kartenspiel ein durch Coupiren mit Atout gemachter Stich.

184. Wat van't Nuurden am troch Wath komt, brangt Skuürw an Skrob; man wat van't Süüden iin bi Witjdün komt, brangt Jil.

Nordfriesisch: Was von Norden durch die Watten (nach den Inseln) kommt, bringt Schorf und Krätze; aber was von Süden bei Wittdün (Südspitze der Insel Amrum) hereinkommt, das bringt Geld.

185. Ein altes Hamburger Wortspiel sagt, daß alle Huren von Weel kommen.

"Weel" bedeutet "Muthwillen, Uebermuth." Ebenso wird der Name des Fleckens Wedel, Herrschaft Pinneberg, ausgesprochen.

186.   In Welt
       Da hebben de Lüde Geld.
       In Vollerwiek
       Da sünd de Lüde rik.
       In Garrn
       Da sünd de Lüde arm.
       In Ehst
       Da hebben de Lüde Beest,
       Da hebben se Hau und Stroh,
       Da supen se Water to.

Garding, Stadt; Welt und Vollerwiek, Kirchdörfer; Ehst, Dorf im Kirchspiel Tating; alle in der Landschaft Eiderstedt.

187. "Dat gait nargens so arg her as in de Welt!" sä de old Fru. "In Vollerwiek doch noch arger!" sä de lütt Deern.

188. Guckkastenmann: "Hier is de ganze Welt to sehn und noch en Dörp!" — "Dat is gewiß Vollerwiek," sä de Jung, "denn mutt ik man

mal dörfiken vör den enen Schilling von min Lehrgeld; dar ward dat old Deert sacht henlopen sien!" (he full en Peerd söken.)

189. Na Wesseln, Lunden und Loh
Gaet all de Schelm' und Dev' na to.

Wesseln, Dorf im Kirchspiel Weddingstedt, Norderdithmarschen.

190. De stolzen Wevelsflethers, de framen Brokdörpers, de geilen St. Margrethners.

Wevelsfleth, Brokdorf und St. Margarethen, Dörfer in der Wilstermarsch. "Fram (fromm) bedeutet hier sanftmüthig, "geil" muthig; ähnlich wie im Mittelhochdeutschen.

191. Du kummst to lat in'n Winbarg.

Sprichwörtliche Redensart. In dem s. g. Weinberg auf dem adeligen Gut Putlos, Oldenburger Güterdistrikt, sollen Seeräuber ihre Schätze vergraben haben, die aber, der Sage nach, bereits gehoben sind.

192. To Wittenbarg im Dome
Da is en gele Blome;
Und wer de gele Blom' will eten,
De mutt ganz Wittenbarg tobreken.

Räthsel: Das Ei. Wittenberg an der Elbe; der Name ist zutreffend, um das Ei als einen "weißen Berg" zu bezeichnen, ebenso wie dasselbe in einem andern Räthsel "ein kleines weißes Haus" heißt.

II. Das Fehmarn'sche Lied.

193. Ach Wulne, ach Wulne! du liggst wol in dem Grunde.
To Avendorp, to Avendorp, da hebben se grote Munde.

Wulfen und Avendorf.

194. Ach Bliefchendorp, ach Bliefchendorp, da hefft fe't fchier vergeten.

To Strukamp, to Strukamp, da fünd fe wol gefeten.

Bliefchendorf und Strukkamp.

195. Ach Alverdorp, ach Alverdorp, da fangen fe vele Fifche.

To Tefchendorp, to Tefchendorp, da dregen fe's to Difche.

Albertsdorf und Tefchendorf.

196. Ach Mummendorp, ach Mummendorp, da hebben fe vel' grot' Göfe.

To Satjendorp, to Satjendorp, da drinkt fe ut de Kröfe.

Mummendorf und Sartjendorf.

197. Ach Nie-Jellingsdorp, ach Nie-Jellingsdorp, da plögen fe deep in de Erde.

To Lemkenhaven, to Lemkenhaven, da föhren fe blanke Swerde.

Neu-Jellingsdorf und Lemkenhafen.

198. Ach Old-Jellingsdorp, ach Old-Jellingsdorp, du liggst wol an dem Wege.

Op Sült bi Ort, op Sült bi Ort, da fünd de Klabbermägde.

Alt-Jellingsdorf und Orth.

199. Ach Püdsee, ach Püdsee, da fangt se
vele Bütte.

To Flügge, to Flügge, da ward se ok
wol nütte.

Püttsee und Flügge; letzteres ist ein einzelner Hof auf einer schmalen Halbinsel gleiches Namens.

200. Ach Sülsdorp, ach Sülsdorp, du liggst
wol an de Wunde (?)

To Gollendorp, to Gollendorp, da schint
de leve Sunne.

Sulsdorf und Gollendorf.

201. Ach Lemkendorp, ach Lemkendorp, du liggst
wol an dem Ringe.

To Petersdorp, to Petersdorp, hört man
de Hamer klingen.

In der Mitte von Lemkendorf liegt der s. g. Dingstein, ein alter Versammlungsplatz der Einwohner; daher heißt es: „Du liggst wol an dem Ringe" (entstellt „an de Ringen"). Ebenso ist vielleicht im ersten Vers der vorigen Strophe zu lesen: „Ach Sulsdorp, du liggst wol in de Runde." Die Dörfer auf Fehmarn bilden nämlich in der Regel ein längliches Viereck, welches rundum mit Steinwällen eingefaßt ist und nur zwei Ausgänge nach verschiedenen Himmelsgegenden hat; die Häuser liegen in ziemlich regelmäßiger Reihe an der von ihnen und durch den Steinwall begränzten Straße; in der Mitte befindet sich gewöhnlich auf freiem Platze die Viehtränke und der Dingstein. — Petersdorf, Kirchdorf des s. g. Westerkirchspiels. Die Bewohner dieses Kirchspiels wurden früher von der muthwilligen Jugend der Stadt Burg verhöhnt mit dem Ruf:

"De Westerdänen
"Mit de scheven Tänen."

202. Ach Kopendorp, ach Kopendorp, da sünd
de jungen Brüde.
To Bojendorp, to Bojendorp, da wahnt
de Havenlüde.
Kopendorf und Bojendorf.

203. Ach Mardelsdorp, ach Mardelsdorp, du
liggst wol an dem Haven.
To Slagsdorp, to Slagsdorp, da baden
se sik in Staven.
Wester-Markelsdorf und Schlagesdorf.

204. Ach Dänschendorp, ach Dänschendorp, da
wahnt de riken Herren.
To Wenkendorp, to Wenkendorp, da riden
se hoge Peerde.
Dänschendorf und Wenkendorf.

205. Ach Gammendorp, ach Gammendorp, du liggst wol achter'm Barge.
To Badersdorp, to Badersdorp, da binden se grote Garven.

Gammendorf und Badersdorf.

206. Ach Bisdorp, ach Bisdorp, du liggst wol an de Haide.
To Landeskrone, to Landeskrone, da hebben se knappe Weide.

Bisdorf und Landkirchen, Kirchdorf des f. g. Mittelkirchspiels.

207. Ach Markelsdorp, ach Markelsdorp, da sünd de Herren five.
To Hinrichsdorp, to Hinrichsdorp, da mögen se gerne kiven.

Oster-Markelsdorf und Hinrichsdorf.

208. Ach Todendorp, ach Todendorp, da hebben se gröne Straten.
To Puttgarn, to Puttgarn, da föhren se blanke Platen.

Todendorf und Puttgarden.

209. Ach Presen, ach Presen, da buwen se vele
   Hocken.
   To Banstorp, to Banstorp, da lüden se
   mit de Klocken.
Presen und Bannesdorf, Kirchdorf des s. g.
Norderkirchspiels.

210. Ach Clasdorp, ach Clasdorp, du liggst
   wol an de Flethen.
   To Golendorp, to Golendorp, da könnt
   se like scheten.
Clausdorf und Gahlendorf.

211. Ach Vizdorp, ach Vizdorp, du liggst wol
   an de Lopen.
   To Staversdorp, to Staversdorp, da
   hört man'n Kukuk ropen.
Vizdorf und Staberdorf. Es scheinen im ersten
Vers die Wasserläufe auf dem Vizdorfer Felde gemeint
zu sein.

212. Ach Meeschendorp, ach Meeschendorp, da
   is de Acker düre.
   To Sarensdorp, to Sarensdorp, da liggt
   se bi dem Füre.
Meeschendorf und Sahrendorf.

213. Ach Niendorp, ach Niendorp, da fünd be
schönen Jungfrowen.
Wohl zu der Burg, wohl zu der Burg, da
laten se sik beschowen.

Niendorf und Burg, Stadt mit der Kirche des
f. g. Ofterkirchspiels.

214. Ach Glambek, ach Glambek, du büst fast
ehrenrike.
To Nien Deep, to Nien Deep, da süht
man Segel strifen.

Glambek, eine alte Burg auf einer Landspitze am Burger Tief, welche bis 1632 Wohnsitz des landesherrlichen Amtmanns war, seitdem aber verfallen ist; jetzt liegt dort eine Mühle. — Der zweite Vers heißt in dem Abdruck bei Schütze: „To Niendorp" 2c., was ein offenbarer Fehler ist, denn Niendorf kommt schon in der vorigen Strophe vor und liegt dazu mitten im Lande, so daß dabei von Segeln keine Rede sein kann. Wir haben deshalb Nien Deep (neue Tiefe) corrigirt. Die Stadt Burg hatte nämlich in der Vorzeit einen guten Hafen am Burger See, mit dem sie durch einen Kanal (den Seegergraben) verbunden war; allein schon im Anfang des 15. Jahrhunderts scheint der Hafen versandet zu sein, weshalb eine neue Mündung (Nie Deep) gegraben und ins Meer hinein durch Steindämme geschützt wurde; die Spuren dieser merkwürdigen Anlage sind noch zu sehn. Jetzt ist nur ein Bootshafen in der Nähe der Stadt, beim s. g. Staaken; als Ladeplatz für Schiffe aber dient die Burger Tiefe, eine offene Rhede am Fehmarnschen Sund, bei der Glambekermühle auf Sahrensdorfer Gebiet.

215. Ach Fehmarland, ach Fehmarland! ik segg
     di Pris und Ehre;
    In alle Land, wo ik man kam, will ik din
     Loff vermehren.

III.

Das Wanderlied des Schuhmachergesellen.

216. Nicks for ungod, wat ik ju vertell;
Bün man Schoster, seggt he, und Gesell,
Schoster ok wol mal en Vers tohopen;
Is he slecht, seggt he, lat em lopen.

217. Alt'na, seggt he, is en Hupen Hüs'.
Wo da Rotten sünd, da sünd keen Müs',
Und wo Geld is, gelt keen Kunst;
Is ja doch man, seggt se, blauen Dunst!
Altona ist weder durch Kunstwerke, öffentliche Bauten noch durch Kunstsinn ausgezeichnet.

218. Und ik weet ok, wat to Wandsbek gelt,
As dat hergait in de grote Welt.
Bi den Ort seech ik di en Renn'n,
Und en Karkthorn an'n verkehrten End'.

Die Pferderennen sind bekannt. Der Kirchthurm ist nach Nordost gerichtet.

219. Au! in Glückstadt, seggt he, op de Steen,
Wer da Glück hett, brikt di man een Been;
Und in't Tuchthus hebbt se vel' tohopen,
Aber lat' se jümmers wedder lopen.

In Glückstadt sind die Strafanstalten; daher „nach Glückstadt kommen, in Glückstadt sein," euphemistisch für: im Zuchthaus sitzen. Entweichungen von da sind bei der mangelhaften Beschaffenheit der Localitäten nicht eben selten.

220. In Hitzoe, seggt he, an de Stör
Sitt de Lüd des Abends vör de Dör,
Und de Ständ', seggt he, op de Bänk';
Krigt di Eten, seggt he, und Gedränk.

In Itzehoe tagte die holsteinische Provinzialständeversammlung.

221. Und in Wilster, seggt he, gift't wat God's,
Und de Marsch lett een'n nich wedder los.
Wer in Borg, seggt he, wahnen kann,
Kickt de Sweiz, seggt he, nich mehr an

Die Wilstermarsch ist die schwerste und reichste in ganz Holstein; es gibt da was Gutes zu essen. Man sagt geradezu sprichwörtlich: „Dat is en Leven as in de

Marſch." — Das Kirchdorf Burg in Süderdithmarſchen liegt auf der hohen Geeſt, am Fuß der ehemaligen Bökeln=burg (jetzt Hohe Burg), und in der Umgegend ſind noch mehre Hügel: Hamberg, Wulfsberg, Stutenberg u. ſ. w.

222. Und in Tönning, ſeggt he, is en Haven,
Von de Landlüd' hört man em wol laven;
Doch de Dampers kamt da op den Strand,
Und de Oſſen drivt wedder an dat Land.

223. Und bi Sleswig keem ik ok vörbi,
Liggt da lingelangs an de Sli,
Is en ganz verdammt langes Neſt;
Und de Dom, ſeggt he, is dat Beſt'.

224. Cappeln, ſeggt he, is en Flecken;
To en Stadt will dat noch nich recken,
Und de Häringshandel is da ſtark
Und en Häringshöker op de Kark.

Auf dem Kirchthurm iſt, ſtatt des Wetterhahns, eine Figur mit einem Fiſch in der Hand.

225. Und in Flensborg, ſeggt he, hebbt ſe Geld,
Liggt an de Oſtſee, ſeggt he, nich an'n Belt;
Und de Lüd' ſünd da ſwinpolit'ſch,
Welk ſünd dän'ſch, ſeggt he, welk ſünd dütſch.

226. Rendsborg liggt an de Eider,
Weer en Festung, seggt he; aber leider!
Wo de Wall weer, is nu en Graben,
Und dat Uennerste, dat liggt nu baben.
In den Jahren 1852 u. ff. ließ die dänische Regierung die Festungswerke zum großen Theil schleifen.

227. Und en Universität is Kiel,
De Pedell, seggt he, de heet Biel,
Und de Rector, seggt he, wesselt af;
Mal weer't Falck, seggt he, mal weer't Pfaff.
Professor N. Falck starb 1850, Chr. H. Pfaff 1852.

228. Ellerbek liggt an de Eller;
'n Dutzend Klümp putzt se weg von'n Teller,
Und drinken doet se ok na Wunsch;
Beer mit Syrop, seggt he, nennt se Punsch.
Ellerbek, Fischerdorf am Kieler Hafen.

229. Und von Kiel kannst du gaen na Preetz;
Wenn du ankummst aber, seggt he, sweet'st.
Ole Fräuleins wahnt da in dat Kloster,
Jede drütte Mann da is en Schoster.

230. Und en Slott, seggt he, is in Plön,
Und de Dag gait da hen mit Klön'n;
Mit de Seen, seggt he, is't en Pracht,
Aber Aal gift't da jeden Dag.

231. Und in Lütjenborg makt se Köm,
Und to Bett gaet se da Klock söb'n,
Und Klock fiv staet se wedder op;
Und dat Rathhus fallt een'n op'n Kopp.

232. Hilgenhaven· is of nich ganz lütt;
An de Rathhusdör, da hangt en Bütt,
Und se handelt, seggt he, da mit Macht,
Hefft twe Böt', seggt he, und een Jacht.
Am Rathhaus hängt der Schwanz eines hier gefangenen, großen und merkwürdigen Seethiers.

233 Und in Niestadt hebbt se'n Thorn torecht-
buw't;
In de Fern' süht he gar nich slecht ut.
De Börgermeister aber mak en Witz,
Sett en Halfmaand, seggt he, op de Spitz.
Der neue Thurm wurde 1846 erbaut.

234. Und in Segeberg is en Seminar,
Und de Kalk ward da nümmer rar.
Und de Scholmeisters, de sünd klok,
Räsonnirt di, seggt he, as en Bok.

235. In Oldesloe, seggt he, makt se Solt,
Löppt dat Water nüdlich dörch dat Holt;

Und wer will, seggt he, kann da baden,
Aber Jedem is dat nich to raden.

236. 'n schöne Lag, seggt he, hett Niemünster;
Alle Näs lang kickt mal en ut Finster,
Und de meisten, seggt he, wev't da Dok,
Und wer Geld da hett, de is ok klok.

237. Und in Bramstedt, seggt he, op de Straten
Much ik mi wol eens begraben laten;
Op de Steen, seggt he, kannst du maihn.
Und de Roland, seggt he, de is fein.

238. Barmstedt, seggt he, mußt du weten,
Hebbt se bi de Bahn ganz vergeten,
Und en Bahn hett de Ort nich kregen;
Doch de Schosteri is jümmers stegen.

Nach dem ursprünglichen Plan sollte die Altona=Kieler Eisenbahn über Barmstedt gehn; später ward jedoch die Route über Elmshorn vorgezogen.

239. Und tonachers güng ik op Chaussee,
Und ik freu mi, as ik Quickborn seech;
Denn na Quickborn heet en fein Gedicht.
Wat dat heten sall, dat weet ik nich.

Der „Quickborn" von Klaus Groth erschien 1853.
Das Wort bedeutet: „lebendiger Brunnen."

240. Dat is alles, seggt he, wat ik weet,
Und to End' is nu Reis' und Leed;
Und wer klok is, markt wol Müs'.
Niks för ungod, seggt he, und Adjüs!